"一带一路"沿线国家经典诗歌文库
（第一辑）

主编　赵振江

副主编　蒋朗朗　宁琦　张陵　黄怒波

叙利亚诗选

仲跻昆　编译

作家出版社

"一带一路"沿线国家经典诗歌文库编委会

译者仲跻昆

仲跻昆

一九三八年生，一九六一年毕业于北京大学东方语言系阿拉伯语专业，曾于开罗大学文学院进修。为北京大学教授、博士生导师、资深翻译家、中国作家协会会员、阿拉伯作协名誉会员。

二〇〇五年，获埃及高教部表彰奖；二〇一一年获阿联酋，"谢赫·扎伊德国际图书奖之年度文化人物奖"（二〇一〇年至二〇一一年），该奖表彰他在长达半个世纪的阿拉伯语教学与科研和中阿文化交流中所做出的重大贡献；之后又获得沙特阿拉伯"阿卜杜拉国王国际翻译奖之荣誉奖"、中阿（拉伯）友协的中阿友谊贡献奖。二〇一八年获中国翻译协会之翻译文化终身成就奖。二〇二一年《阿拉伯文学史》（四卷本）获第二届王佐良外国文学研究奖一等奖。

著作有《阿拉伯现代文学史》《阿拉伯文学通史》（分别于二〇〇六年、二〇一三年获第四、五届中国高校人文社会科学研究优秀成果奖一等奖、二等奖）《阿拉伯古代文学史》《阿拉伯文学史》（四卷本）以及《天方探幽》等。

目 录

总　序

　　二〇一三年秋，习近平主席先后提出建设"丝绸之路经济带"和"二十一世纪海上丝绸之路"（简称"一带一路"）的倡议。"一带一路"一经提出，便在国外引起强烈反响，受到沿线绝大多数国家的热烈欢迎。如今，它已经成了我们在政治、经济和文化生活中最具活力的词语。"一带一路"早已不是单纯的地理和经贸概念，而是沿线各国人民继往开来、求同存异、构建人类命运共同体的幸福路、光明路。正如一首题为《路的呼唤》[1]的歌中所唱的：

> ……
> 有一条路在呼唤
> 带着心穿越万水千山
> 千丝万缕一脉相传
> 就注定了你我相见的今天
> 这一条路在呼唤
> 每颗心都是远洋的船
> 梦早已把船舱装满
> 爱是我们共同的家园
> ……

　　习主席关于构建人类"政治互信、经济融合、文化包容的利益共同体、命运共同体和责任共同体"的主张是人心所向，众望所归。联合国将"构

1　《路的呼唤》：中央电视台特别节目《一带一路》主题曲，梁芒作词，孟文豪谱曲，韩磊演唱。

建人类命运共同体"写入大会决议,来自一百三十多个国家的约一千五百名贵宾出席二〇一七年五月十四日在北京举行的"一带一路"国际合作高峰论坛,就是最有力的证明。

在国与国之间,政治互信、经济融合、文化包容的基础在民心,而民心相通的前提是相互了解和信任。正是出于这样的理念,我们决定编选、翻译和出版这套"'一带一路'沿线国家经典诗歌文库",因为诗歌是"言志"和"抒情"最直接、最生动、具最活力的文学形式,诗歌最能反映大众心理、时代气息和社会风貌。"'一带一路'沿线国家经典诗歌文库"是加强沿线各国人民之间相互了解和信任的桥梁。

"'一带一路'沿线国家经典诗歌文库"的创意最初是由作家出版社前总编辑张陵和中国诗歌学会会长骆英在北京大学诗歌研究院院会提出的。他们的创意立即得到了谢冕院长和该院研究员们的一致赞同。但令人遗憾的是,在本校的研究员中只有在下一人是外语系(西班牙语)出身,因此,他们就不约而同地把这套书的主编安在了我的头上。殊不知在传统的"一带一路"沿线国家中,没有一个是讲西班牙语的。可人家说:"一带一路"是开放的,当年"海上丝绸之路"到了菲律宾,大帆船贸易不就是通过马尼拉到了墨西哥吗?再说,巴西、智利、阿根廷三国的总统不是都来参加"一带一路"国际合作高峰论坛了吗?怎么能说"一带一路"和西班牙语国家没关系呢?我无言以对。

古丝绸之路是指张骞(前一六四年至前一一四年)出使西域时开辟的东起长安,经中亚、西亚诸国,西到罗马的通商之路。二〇一三年九月七日,习近平主席在哈萨克斯坦纳扎尔巴耶夫大学演讲时,提出共建"丝绸之路经济带"的主张,赋予了这条通衢古道以全新的含义,使欧亚各国的经济联系更加紧密、相互合作更加深入、发展空间更加广阔,从而造福沿途各国人民。至于古老的"海上丝绸之路",自秦汉时期开通以来,一直是沟通东西方经济和文化交流的重要渠道,尤其是东南亚地区,自古就是"海上丝绸之路"的重要枢纽。习主席建设"二十一世纪海上丝绸之路"的构想使其在新的历史起点上,有了更加重要而又深远的意义。

"一带一路"沿线国家主要包括西亚十八国(伊朗、伊拉克、格鲁吉亚、亚美尼亚、阿塞拜疆、土耳其、叙利亚、约旦、以色列、巴勒斯坦、沙特阿拉伯、巴林、卡塔尔、也门、阿曼、阿拉伯联合酋长国、科威特、黎巴嫩),中亚五国(哈萨克斯坦、土库曼斯坦、吉尔吉斯斯坦、乌兹别克斯坦、塔吉克斯坦），南亚八国（尼泊尔、不丹、印度、巴基斯坦、孟加拉国、斯里兰卡、马尔代夫、阿富汗），东南亚十一国（印度尼西亚、马来西亚、菲律宾、新加坡、泰国、文莱、越南、老挝、缅甸、柬埔寨、东帝汶），中东欧十六国（阿尔巴尼亚、波斯尼亚和黑塞哥维那、保加利亚、克罗地亚、捷克、爱沙尼亚、匈牙利、拉脱维亚、立陶宛、马其顿、黑山、罗马尼亚、波兰、塞尔维亚、斯洛伐克、斯洛文尼亚）。独联体四国（俄罗斯、白俄罗斯、乌克兰、摩尔多瓦），再加上蒙古和埃及等。

从上述名单中不难看出，"一带一路"沿线国家多为文明古国，在历史上创造了形态不同、风格各异的灿烂文化，是人类文明宝库重要的组成部分。诗歌是文学的桂冠，是文学之魂。文明古国大都有其丰厚的诗歌资源，尤其是经典诗歌，凝聚着国家和民族的精神和理想。各国之间的文化交流与经贸往来，既相互交融又相互促进，可以深化区域合作，实现共同发展，使优秀文化共享成为相关国家互利共赢的有力支撑，从而为实现习主席构建人类命运共同体的伟大目标打下坚实的文化基础。

"一带一路"沿线国家多是发展中国家。长期以来，我们一直比较重视对欧美发达国家诗歌的译介，在"经济一体、文化多元"的今天，正好利用这难得的契机，将这些"被边缘化"国家的传统文化和民族精神纳入"一带一路"的建设，充分发掘它们深厚的文化底蕴，让它们的古老文明在当代世界发挥积极作用，使"文库"成为具有亲和力和感召力的文化桥梁。

"一带一路"沿线国家又多是中小国家。它们的语言多是非通用的"小语种"，我国在这方面的人才储备相对稀缺，学科建设相对薄弱；长期以来，对这些国家的文学作品缺乏系统性的译介和研究。从这个意义上说，"文库"的出版具填补空白的性质，不仅能使我们了解这些国家的诗歌，也使相关的学科建设和学术研究有了新的生长点。

"'一带一路'沿线国家经典诗歌文库"的现实意义和深远影响已经很清楚了，但同样清楚的是其编选和翻译的难度。其难点有三：一是规模庞大，每个国家一卷，也要六十多卷，有的国家，如俄罗斯、印度，还不止一卷；二是情况不明，对其中某些国家的诗歌不是一无所知也是知之甚少，国内几乎从未译介过，如尼泊尔、文莱、斯里兰卡等国；三是语言繁多，有些只能借助英语或其他通用语言。然而困难再多，编委会也不能降低标准：一是尽可能从原文直接翻译，二是力争完整地呈现一个国家或地区整体的诗歌面貌。

总之，"文库"的规模是宏大的，任务是艰巨的，标准是严格的。如何完成？有信心吗？答案是肯定的。信心从何而来呢？我们有译者队伍和编辑力量做保证。

"'一带一路'沿线国家经典诗歌文库"的编译出版由北京大学外国语学院和作家出版社联袂承担，可谓珠联璧合，阵容强大。

北京大学外国语学院是国内外国语言文学界人才荟萃之地，文学翻译和研究的传统源远流长。北大外院的前身可以追溯到京师同文馆（一八六二年）和京师大学堂（一八九八年）。一九一九年北京大学废门改系，在十三个系中，外国文学系有三个，即英国文学系、法国文学系、德国文学系。一九二〇年，俄国文学系成立。一九二四年，北京大学又设东方文学系（其实只有日文专业）。新中国成立后，东语系发展迅速，教师和学生人数都有大幅度增长。一九四九年六月，南京东方语言专科学校和中央大学边政学系的教师并入东语系。到一九五二年京津高校院系调整前，东语系已有十二个招生语种、五十名教师、大约五百名在校学生，成为北大最大的系。

一九五二年院系调整时，重新组建西方语言文学系、俄罗斯语言文学系和东方语言文学系。其中西方语言文学系包括英、德、法三个语种，共有教师九十五人，分别来自北大、清华、燕大、辅仁、师大等高校（一九六〇年又增设西班牙语专业）；俄罗斯语言文学系共有教师二十二人，分别来自北大、清华、燕大等高校；东方语言文学系则将原有的西藏语、维吾尔语、西南少数民族语文调整到中央民族学院，保留蒙古、朝鲜、日、越南、暹罗、印尼、缅甸、印地、阿拉伯等语言，共有教师四十二人。

北京大学外国语学院于一九九九年六月由英语系、西语系、俄语系和东语系组建而成，下设十五个系所，包括英语、俄语、法语、德语、西班牙语、葡萄牙语、日语、阿拉伯语、蒙古语、朝鲜语、越南语、泰国语、缅甸语、印尼语、菲律宾语、印地语、梵巴语、乌尔都语、波斯语、希伯来语等二十个招生语种。除招生语种外，学院还拥有近四十种用于教学和研究的语言资源，如意大利语、马来语、孟加拉语、土耳其语、豪萨里语、斯瓦希里语、伊博语、阿姆哈拉语、乌克兰语、亚美尼亚语、格鲁吉亚语、阿塞拜疆语等现代语言，拉丁语、阿卡德语、阿拉米语、古冰岛语、古叙利亚语、圣经希伯来语、中古波斯语（巴列维语）、苏美尔语、赫梯语、吐火罗语、于阗语、古俄等古代语言，藏语、蒙语、满语等少数民族及跨境语言。学院设有一个一级学科博士点、十个二级学科博士点和一个博士后流动站，为北京市唯一外国语言文学重点一级学科。学院师资力量雄厚：全院共有教师二百一十二名，其中教授六十名、副教授八十九名、助理教授十六名、讲师四十七名，拥有博士学位的教师一百六十三人，占教师总数的百分之七十七。

从以上的介绍不难看出，北京大学外国语学院的语言教学和科研涵盖了"一带一路"的大部分国家，拥有一批卓有成就的资深翻译家和崭露头角的青年才俊，能胜任"文库"的大部分翻译工作。至于一些北大没有的"小语种"国家，如某些中东欧国家，我们邀请了高兴（罗马尼亚语）、陈九瑛（保加利亚语）、林洪亮（波兰语）、冯植生（匈牙利语）、郑恩波（阿尔巴尼亚语）等多名社科院外文所和兄弟院校的专家承担了相应的翻译工作，在此谨对他们表示诚挚的敬意和衷心的感谢。

有好的翻译，还要有好的编辑。承担"'一带一路'沿线国家经典诗歌文库"编辑出版任务的作家出版社是国家级大型文学出版社，建社六十多年来出版了大量高品质的文学作品，积累了宝贵的资源和丰富的经验。尤其要指出的是，社领导对"文库"高度重视，总编辑黄宾堂、前总编辑张陵、资深编审张懿翎自始至终亲自参与了所有关于"文库"的工作会议，和北大诗歌研究院、北大外国语学院的领导一起，精心策划，全力以赴，保证了"文库"顺利面世。

最后还要说明的是，"'一带一路'沿线国家经典诗歌文库"得到了北大校领导的大力支持。"文库"第一批图书的出版恰逢北京大学建校一百二十周年（一八九八年至二〇一八年），编委会提出将这套图书作为对校庆的献礼。校领导欣然接受了编委会的建议，并在各方面给予了大力支持，校党委宣传部部长蒋朗朗同志从始至终参与了"文库"的策划和领导工作。至于北京大学外国语学院的领导更是责无旁贷地承担了全部翻译工作的设计、组织和落实。没有他们无私忘我、认真负责的担当，完成这样艰巨的任务是不可能的。

"'一带一路'沿线国家经典诗歌文库"第一批诗作即将出版，这只是第一步，更艰巨的工作还在后头；更何况随着时间的推移，"一带一路"的外延会进一步扩展，"文库"的工作量和难度也会越来越大。但无论如何，有了这样的积累，我们完全有理由相信，"'一带一路'沿线国家经典诗歌文库"会越来越好。为了实现这样的目标，我们期待着领导、业内同仁和广大读者的批评指教。

赵振江

二〇一七年秋

于北京大学蓝旗营寓所

前　言

　　阿拉伯民族是热爱诗歌的民族。叙利亚是一个诗人辈出的国度。

　　在阅读这部诗选之前，我们不妨先了解一下叙利亚现代诗歌发展的历程。

　　最早活跃于近现代叙利亚诗坛的，是属于"新古典主义"诗派的几位诗人：穆罕默德·比兹姆、海鲁丁·齐里克利、海利勒·迈尔达姆、舍菲格·杰卜里等人。他们具有若干共同特点：都出生于十九世纪末，活跃于二十世纪上半叶，都曾师从于叙利亚著名启蒙思想家穆罕默德·库尔德·阿里，都注重学习阿拉伯古代文学名家，都以创作格律严整的"新古典主义"诗歌见长，都表达了同情劳动人民、反对殖民统治等爱国主义主题。

　　稍晚于他们登上叙利亚诗坛的，是后来名声更大的白戴维·杰拜勒，他也是最后一位以格律诗成名的叙利亚诗人。他对逐渐兴盛于诗坛的自由体新诗不以为然，坚信阿拉伯格律诗"足可以容纳一切与其使命相符的现代生活的需要"，并通过丰富的创作，践行着自古以来阿拉伯诗歌的使命——成为"阿拉伯人的史册"。著名学者沙米·凯亚里曾这样评论他："这个国家喜庆时由他伴奏而歌唱，悲哀时通过他的诗篇擦去泪水。"

　　此后，阿拉伯现代诗歌一个新的流派——"浪漫派"登上舞台，叙利亚诗人欧麦尔·艾布·雷沙是这个流派的主将之一。他不仅从阿拉伯古典诗歌中汲取营养，而且对西方文学有很高造诣。因此，他的创作体现出融会古今、兼容东西的理念和视野。和其他浪漫派诗人一样，欧麦尔认为诗应该表现"存在与人生"，只有人的感情才是诗歌的灵魂；诗无论是内容还是形式都不该因循守旧，而应有所创新。他的许多诗作在形式上对严谨的阿拉伯诗律有所突破，但跟自由体新诗仍保持一定距离。他尤其擅长以象征、比喻等手法抒发爱国之情，表达对阿拉伯民族的忧患意识，以及对自由、幸福的向往和追求。和许多浪漫派诗人一样，他也以情诗和咏景诗见长，享有"爱与美的诗人"之誉。

第二次世界大战是中东政治、社会生活的转折点，也是阿拉伯现当代文学的转折点。二十世纪后半叶战后的中东史，是一部血雨腥风的历史，巴以冲突、阿以战争等重大悲剧性事件既改变了中东的政治版图，也改变了地区的文化生态。浪漫主义文学的象牙塔难免受到冲击，诗人们不愿再去费尽心思雕词凿句，他们希望打破传统诗歌格律的束缚，以便更真切地描绘急剧变化的现实，更自由地表达个人的思想感情。更重要的是，阿拉伯诗人们看待人生和艺术的观念也不同于前辈，在纷繁复杂、混乱荒诞的现实面前，古典主义和浪漫主义都显得无力而乏味；他们开始从外国诗歌，尤其是英语、法语、西班牙语诗歌中寻找启迪，庞德、艾略特、波德莱尔、马拉美、兰波、洛尔伽、聂鲁达、希克梅特等东西方大诗人的创作理论与实践，都深刻影响了阿拉伯诗人。

一九四七年，阿拉伯诗歌史上的一种新诗——"自由体诗"应运而生。这种由伊拉克诗人首创的新诗，不再如传统诗歌那样讲究格式规整、合辙押韵，而是诗行长短不一，韵律宽松，节奏明快，富于变化。很快，叙利亚诗人也开始创作自由体新诗，并涌现了多位影响深远的杰出诗人。在他们的诗中，浪漫主义的余声偶有回响，现实主义的诗风风靡一时，象征主义与超现实主义等当代诗歌的印记，也清晰可辨。经过这些杰出诗人之手，自由体新诗很快确立了在当今叙利亚乃至阿拉伯诗坛的主流地位，并无可置疑地代表了当代阿拉伯诗歌的最高成就。

苏莱曼·伊萨是最早用自由体写诗的叙利亚诗人之一。他是一位对国家、民族抱有使命感的诗人，认为诗歌应该传达人民的呼声和时代的声音。他的诗作具有强烈的爱国主义色彩，表达对叙利亚人民近现代蒙受的不幸遭遇的哀痛，号召人民奋起反抗、勇于献身。同时，阿拉伯现代史上发生的重大政治事件，也都能在他的诗篇中找到反映。他视巴勒斯坦人民的解放事业为每一个阿拉伯人和穆斯林的己任，通过创作表达对巴勒斯坦人民的声援。在写作政治题材诗歌的同时，他还以创作童诗见长。他书写的许多朗朗上口、清新质朴的童诗，被选入教科书，在叙利亚青少年中广为传诵。

尼扎尔·格巴尼是一位让阿拉伯新诗走进千家万户的大诗人。他反对因循守旧和堆砌辞藻，追求通俗易懂、流畅明快的风格。他的前期诗作中不乏花花公子的气息，但随后，他敢于挑战封建观念，倡导将阿拉伯妇女从男权观念盛行的传统社会中解放出来，主张"身体自由是通往精神自由的道路"，因而成为阿拉伯世界女性解放和女性权利的代言人，被公认为"情诗圣手"或"女性诗人"。其创作的大量情诗或充满诗情画意，或显得直率大胆，许多作品被音乐家改编为歌曲广为传唱，成为阿拉伯各国城市青年的最爱。譬如他写道：

> 在朝霞的玛瑙上，我刻下了"我爱你！"
> 我是刻下了天际，
> 我是刻下了天意。
> 你难道没见到？
> 刻在朵朵花瓣，
> 刻在桥梁、江河和悬崖峭壁，
> 刻在枚枚海贝，
> 刻在颗颗雨滴。
> 你难道没留意？
> 在每颗沙粒，每块石头，
> 每条树枝……

然而，这位柔情似水的爱情诗人，却也有金刚怒目的一面，他还写过许多批判阿拉伯现状与统治者的激愤之作，在《何时宣告阿拉伯人的死亡？》一诗中，他写道：

> 自从五十年以来，
> 我观察阿拉伯人的状况，
> 他们打雷，却从不下雨；
> 他们进入战争，却走不出战争；
> 他们将修辞反复咀嚼，
> 却不曾消化。
> ……
> 如果某一天有人宣告阿拉伯人的死亡，
> 他们将葬在哪一块坟地？
> 谁将会为他们哭泣？

出生于叙利亚海滨村庄卡萨宾的阿多尼斯，则是一位在世界诗坛享有盛誉的大诗人。他不仅是诗人，还是一位杰出的思想家、文学理论家、翻译家、艺术家。他自二十世纪五十年代开始发表诗作，现已出版近三十部诗集，曾荣获众多国际文学与诗歌大奖。

阿多尼斯诗歌创作的独特性，源自他对新诗的独到理解。在他看来，诗歌不是政治的附庸，也拒绝无病呻吟的滥情。新诗体现的不仅是审美问题，而且是一个重大的文化问题，是一个"关乎人、存在、人道与文明的问题"。新诗应该表达对人生、社会的全新认识，其终极目的是改变人，促进阿拉伯文化和社会的进步。他和友人一起在贝鲁特创办的极具先锋意义的诗歌刊物《诗歌》《立场》，不仅为阿拉伯新诗创作提供了重要园地，而且为新诗的发展作出了重要的理论贡献。

在诗歌创作中，阿多尼斯践行着自己极具革命意义的诗歌理论和文化思想。诗人阿多尼斯是一位态度鲜明的叛逆者，他毫不讳言地宣称："我是个背叛者，我向被诅咒的道路／出卖我的生命／我是背叛的主宰。"对于世俗观念，他是一位辛辣的嘲讽者："什么是通行的道德？／——蜡烛，快要熄灭在令人窒息的洞穴里。"他以歌唱抗拒压迫与恐惧："我由于恐惧而歌唱／我由于被压迫的反抗而歌唱。"他对这个世界的抗争，显示着百折不挠的倔强和信念："世界让我遍体鳞伤／但伤口长出的却是翅膀。"在诗中，他毫不掩饰张扬的个性和大写的自我："我让自己登基／做风的君王。"

阿多尼斯擅写长诗，其作品以长诗居多，但与此同时，他还创作了大量意趣盎然的短章。长诗和短章一起，共同构成了诗人辽阔而璀璨的诗歌星空。按照阿多尼斯自己的说法，"短章仿佛小草或幼苗，生长在长诗——大树——的荫下；短章是闪烁的星星，燃烧的蜡烛；长诗是尽情流溢的光明，是史诗的灯盏。两者只在形式上存在差异，本质上是密不可分的一体，共同构成了我的诗歌实践。"这样一位思想博大精深的诗人，也创作了大量清新隽永、令人读完唇齿留香的短章。譬如："夏天把它的罐子敲碎，冬天的时光停歇／春天的一些碎片，被秋天的拖车牵引。"

以自由体新诗而闻名阿拉伯诗坛的叙利亚诗人，还可以列举多位。譬如：擅长创作辛辣的政治讽刺诗的穆罕默德·马古特，强调"诗歌作为艺术应该与政治保持距离"的多产诗人迈姆多赫·欧德万，以政治诗和爱情诗闻名的邵基·巴格达迪，小说、散文、诗歌样样精通的女诗人佳黛·萨曼，英年早逝、人生和作品都具悲情色彩的女诗人萨尼娅·萨利赫等等。

谈到叙利亚诗歌，还必须提及许多诗人与中国的不解之缘。"情诗圣手"尼扎尔·格巴尼曾于上世纪五十年代在叙利亚驻华使馆担任外交官，他虽然没有直接创作过中国题材的诗集或诗作，但"中国"作为一个遥远、神秘而浪漫的空间意象，在他的诗篇中屡屡出现，例如：

> 驻留在我血液中的你啊，我爱你，
>
> 无论你身在中国，还是身在月亮。

享誉世界的叙利亚大诗人阿多尼斯更在中国掀起过诗歌的风暴，他的第一部中文版诗集《我的孤独是一座花园》自二〇〇九年问世迄今，已经数十次重印，总印数逾三十万册，创造了当代外国诗歌在中国销售的一个奇迹。他本人在过去十年间数度访华，与许多中国诗人、学者、艺术家、翻译家结下深厚友谊。二〇一八年金秋，他在中国逗留三周，在北京、广州、成都、南京等地参加了多场诗歌活动，还应友人之邀，在皖南黄山一带作了一次印象极深的观光之旅。此后不久，他创作了记述此次中国之行的诗集《桂花》，字里行间流露出对中国自然景观和悠久历史文化的热爱。他眼里的中国，"不是线条的纵横／而是光的迸发"。他心中的中国女性，是"云霓的队列／被形式的雷霆环绕／由意义的闪电引导"。他在诗集的尾声写道："友谊是否可以声称：唯有自己才是世界的珍宝？"

此外，还有几位叙利亚诗人、作家也和中国结下深厚友谊，如曾于上世纪七十年代在我国外文出版社、北京大学等单位担任阿拉伯语专家的阿卜杜勒·穆因·马鲁海和萨拉迈·奥贝德，曾多次访华的叙利亚作家协会前主席阿里·欧格莱等人，都曾留下很多赞美中国，讴歌中阿、中叙友谊的动人诗篇。可以说，在中国和叙利亚的现当代友好交往史上，诗歌谱写了极为重要的篇章。

薛庆国

艾迪布·伊斯哈格
（一八五六年至一八八五年）

艾迪布·伊斯哈格生于大马士革，殁于贝鲁特，祖籍亚美尼亚。他早在青年时代就是一个阿拉伯民族主义者，终身都在为争取民族解放而奋斗。他曾在贝鲁特编辑《进步报》和《艺术成果》杂志。后去埃及开罗创办《埃及》周报，又在亚历山大创办《商务报》，两报因政见与当局相左，而被查封。一八八〇年，他流亡巴黎办《开罗埃及报》，号召阿拉伯人民为摆脱种种形式的奴役桎梏而斗争。据说，雨果与他会见后，曾说："这是个东方的天才。"死后，其诗文被编辑成集，称《珍珠集》。

强权即公理

在林中杀死一个人，
　　其罪不可宽宥。

屠杀一个和平民族，
　　这个问题竟需研究。

强权就是公理，
　　理总在胜者之手。

杰卜拉伊勒·德拉勒
（一八三六年至一八九二年）

　　杰卜拉伊勒·德拉勒生于叙利亚阿勒颇一名门望族、书香门第。少年时代在黎巴嫩求学，他聪颖好学，博闻强记，除阿拉伯语外，还精通土耳其语、法语、意大利语，阿拉伯古典文学功底尤深。他曾游历法国、意大利、西班牙等欧洲诸国，并在奥地利教授过阿拉伯语。曾在当时阿拉伯一些知名报刊发表诗文，反对蹈故习常，主张革故鼎新，声誉鹊起。一八八四年，在欧、亚、非洲出游十七年后归国，其家一度成为进步诗人、文人集结中心。他曾在巴黎发表长诗《王位与寺院》，抨击封建神权与专制王权的统治，要求实行共和体制。长诗发表后，被人向当局诬告，诗人因而被捕入狱，并最终瘐死狱中。

王位与寺院（节选）

一切人尽管情况并不一般，
　　　最大的追求却都是金钱。

罗马的教皇为了赚钱，
　　　向人们散发"赎罪券"；

牧师、神父为了金钱，
　　　出卖十字架和教堂财产；

大主教们纵然说谎欺骗，
　　　照样能如愿拿到金钱……

同样，君主对我们专制欺压，
　　　竟无人谴责，没有人管。

还有那些用武力侵略别国的人，
　　　公然横行霸道，肆无忌惮……

啊，沉睡的人们，你们岂能长眠?!
　　　快起来，把那些野兽教训一番!

切莫再听任他们随意宰割，
　　　切莫再害怕他们狰狞的嘴脸。

快起来，努力赶走他们!
　　　国家已被他们糟蹋得破烂不堪。

海利勒·迈尔达姆
（一八九五年至一九五九年）

　　海利勒·迈尔达姆生于大马士革。为人聪慧早熟，未满十五岁即开始赋诗。一九一八年年末叙利亚摆脱土耳其统治后，他曾一度从政，官至内阁办公室主任助理。法军侵入大马士革后，他于一九二一年辞职，并与同仁依照纽约旅美派"笔会"形式创建"文学联谊会"，被选任会长。一九二五年当选为大马士革"阿拉伯学会"理事。同年，叙利亚大起义爆发，他以爱国主义诗篇号召军民奋起与法国殖民主义者斗争，被法国殖民主义当局驱逐出境，先后流亡于黎巴嫩、埃及，一九二九年回国。生前曾任教育部长、"阿拉伯学会"会长等职，被认为是阿拉伯语言、文学权威之一。

较量起来我并非孩子[1]

我们刚刚摆脱土耳其人的桎梏，
　　却又成了别人的奴仆……

反客为主，他摇身一变，
　　靠一群奴才、喽啰掌权。

自称是我的监护人，
　　什么事情他都包办。

较量起来我并非孩子，
　　他却硬要对我强行托管。

1　此诗写作背景：叙利亚摆脱奥斯曼土耳其统治后，法国却宣布对其托管，
实行委任统治。

穆罕默德·比兹姆
（一八八七年至一九五五年）

　　穆罕默德·比兹姆生于大马士革，父亲经商，家族原是伊拉克一书香门第。诗人二十岁才开始接受正规教育，但其天赋极好，尤精于语言、文学。他曾任教讲授阿拉伯语，也一度应征入伍，任文书。但作为一位心怀民族主义、爱国主义热忱的诗人，他始终以诗歌为武器，先后参与反对奥斯曼土耳其与法国殖民主义统治的斗争，并曾为此被捕入狱。其诗文多发表于当时埃及、黎巴嫩、叙利亚一些著名报刊中。

让你们的委任见鬼去！

洋大人们！让你们的委任见鬼去！
　　它使阿拉伯人血流成河。

不要欺压高贵的阿拉伯人！否则
　　他们会像雄狮跃起，怒不可遏。

海鲁丁·齐里克利
（一八九三年至一九七六年）

　　海鲁丁·齐里克利生于贝鲁特，但父母都是叙利亚人。诗人在大马士革长大成人，并在那里接受传统教育。诗人终生怀有阿拉伯民族主义、爱国主义热忱，通过其创办的《阿斯麦伊》《阿拉伯喉舌》等刊物发表诗歌，积极宣扬民族主义的观点，以至于一九二〇年曾被法国殖民当局缺席判处死刑。他被迫流亡，在巴勒斯坦、约旦、埃及、沙特阿拉伯、阿曼等地继续进行反对殖民主义侵略的革命斗争。一九二九年，他在埃及开罗举办诗歌报告会，以声援叙利亚人民反对法国殖民主义的斗争，埃及诗王艾哈迈德·邵基当场登台诵诗，以示支持。

我像一只鸟在茫茫天地间

我像一只鸟在茫茫天地间，
　　只能不停地飞翔、盘旋。

我不知是在约旦有我的住所，
　　还是希贾兹有我的家园。

也不知我是将幸福抛在了身后，
　　还是我期望的幸福仍在前面……

白戴维·杰拜勒
（一九〇〇年至一九八一年）

白戴维·杰拜勒是叙利亚现代古典派诗人的代表。原名穆罕默德·苏莱曼·艾哈迈德，"白戴维·杰拜勒"是其笔名，原意是"山区的贝都因人"。他出身于拉塔基亚省山区迪法镇一书香门第。十岁就开始写诗，一九二五年出版其第一部诗集《早熟的果实》，受到好评。一九七九年在贝鲁特出版了其作品全集。他主张诗歌应遵循传统的格律，对自由体诗不以为然。他从中学时代就积极参加爱国主义活动，在一些著名的报刊上发表诗文，宣传阿拉伯民族主义思想，反对法国的委任统治。为此，他曾被捕入狱。他不仅是位诗人，而且是位著名的政治家、社会活动家，生前多次当选为议员，做过卫生部部长和新闻部部长。

我不会对弱者幸灾乐祸

我不会对弱者幸灾乐祸，
　　也不肯对别人落井下石。

别人悲伤我会同情，
　　别人受苦我会哭泣。

我会为别人的不幸而感到不幸，
　　每个朋友的悲郁如同我的悲郁。

悲伤净化了我的心灵，
　　悲伤足以将心中一切仇恨洗去。

一只鸽子翅膀垂下来时，
　　我真愿借予它双翼飞上天际。

爱心把世界万物联系在一起
　　——地上的雄狮，树上的鸽子。

那是人在骗人

永恒与人们传说的
　　来世幸福相互矛盾。

不是真主欺骗他的信徒，
　　那是人在骗人。

欧麦尔·艾布·雷沙
（一九一〇年至一九九〇年）

　　欧麦尔·艾布·雷沙生于叙利亚曼比季一个诗书传家的官宦家庭。他曾先后在阿勒颇和贝鲁特的美国大学学习。一九三〇年，被其父遣往英国学习，后又去巴黎。诗人在欧洲深受英法浪漫主义和象征主义诗人的影响。他曾任阿勒颇图书馆馆长。一九四九年始入外交界，曾在多所使馆任职。他一生投身于民族解放事业中，年轻时，曾因参加爱国运动数次被捕入狱；叙利亚独立后，他又积极为阿拉伯民族的团结而奔走、呼号。他通晓六种语言。其作品在形式上为严谨的格律诗，但在内容上却富有神奇的想象。除爱国抒情的主题之外，他还写情诗和景物诗，有"爱与美的诗人"之称。他曾发表过四部诗集，还写有多部诗剧。

放牧者是羊群的敌人……

我的民族啊！你赞颂过多少偶像，
　　尽管他们并没有偶像的模样。

如果放牧者是羊群的敌人，
　　那又何必只怪侵略的豺狼。

忍着眼泪，别让它流出！

饮酒！跳舞！歌咏！
　　在诱人的手中将琴弦拨弄！

你畏怯了？大胆些，别怕！
　　让羞怯的残余一扫而空！

忍着眼泪，别让它流出！
　　那泪中闪现出我不幸往昔的阴影。

泪珠散落，让我忘记了多少伤痛，
　　往事已矣，把我的骄矜埋在心中。

苏莱曼·伊萨
（一九二一年至二〇一三年）

　　苏莱曼·伊萨毕业于巴格达高等师范学院。曾做过中学教师，担任过阿勒颇文化与国家指导局局长、教育部阿拉伯语首席督学等职。他不到十岁即开始写诗。阿拉伯现代史上发生的重大政治事件都能在他的诗歌中找到反映。他是一位对国家、民族抱有使命感的诗人。其诗大多具有强烈的政治色彩和鼓动性。他当年曾因其所写的反帝爱国诗篇和坚定的爱国主义立场而多次入狱。除政治抒情诗外，他还写有不少诗剧、叙事诗、儿童诗，并同其妻合译过不少世界名著。一九八二年曾获亚非文学莲花奖。其作品有二十余部诗集。其诗有格律诗，亦有自由体诗。二〇〇〇年获巴比挺机构诗歌创作奖。

一个阿拉伯人的血液岂能平静？

一个阿拉伯人的血液岂能平静
　　——在他的国土上还游荡着殖民者的幽灵？

一个人胸口上还插着匕首，
　　他岂能在茅屋酣然入梦？

鸟儿没有感受到我的民族被人宰割，
　　它在原野的鸣啭岂能让我欢腾？

一首歌曲如果没有呐喊复仇，
　　我的灵魂岂能为之激动？

（又译）：

一个阿拉伯人的热血怎能平静
　　——他的国土还有殖民者的幽灵？

有谁能在自己的茅屋高枕无忧
　　——匕首利刃正插进他的前胸？

高原上鸟儿的鸣啭怎能令我高兴
　　——它对我被残杀的同胞竟无动于衷？

一首歌曲岂能让我的心灵激动
　　——如果它不呼唤为复仇去斗争？！

生活之歌是千钧雷霆

生活之歌是千钧雷霆，
　　靠我的芦笛会战无不胜。

人们对我说：你在让人做梦！
　　难道诗不就是爱在憧憬？

是心在向往，是嘴舍不得动，
　　是牢骚，由星星传诵?!

是的！我就是小溪的六弦琴，
　　向群星汲取灵感，诉说心声。

但我一旦在家乡游历，
　　我就要将洞穴的灰尘抖净；

我要在各个角落里
　　抨击那些苦难的嗟叹声。

人们说：你挖苦我们是"羊群"？
　　啊！他们的嘴巴总算发出声！

是啊！我们终于将屈辱的"羊群"惊醒，
　　变成结实的臂膀去拼搏，竞争。

使他们昂首屹立，享受尊严的人生，
　　而不是听人驱使的仆从。

我是同胞心中的声声呐喊

我是同胞心中的声声呐喊，
　　而并非只是可读的诗篇。

足矣——一曲终于我的琴弦，
　　却开始回响于别人的心间……

伊勒亚斯·龚苏勒
（一九一二年至一九八一年）

　　伊勒亚斯·龚苏勒，旅美派诗人。生于叙利亚
避暑胜地耶卜鲁德。四岁时随父去巴西，四年后回乡
上小学。十三岁旅居阿根廷。靠自学成才。十七岁开
始在报刊发表诗文。曾创办《泉源》杂志，主编《叙
利亚－黎巴嫩报》，并参与编辑阿根廷的《和平报》。
一九五五年曾一度回国，一九五八年重回阿根廷。著
作颇丰，有诗集《在爱国主义的祭坛上》《箭》《龚苏
勒四行诗集》《滚烫的泪珠》《黎明的笑》《铁丝网》。
除诗歌外，他还创作有小说、散文、杂文、文论等，
并通晓西班牙文与法文，有译著。

你是否在读我的诗篇？

你在阅读我的诗篇，
　　还是对它们弃而不看？

我把我的痛苦
　　都包含在那里面。

我把自己抑郁的心
　　倾注在字里行间。

在那些诗中，融入了
　　我的悲叹，我的哀怨。

从中我把自己莫名的烦恼
　　都袒露在你面前。

你是不是正在阅读，
　　正在阅读我的诗篇？

尼扎尔·格巴尼
（一九二三年至一九九八年）

尼扎尔·格巴尼生于大马士革的一个中产阶级家庭。著名的叙利亚戏剧的奠基人艾布·海利勒·格巴尼是诗人的堂祖父。诗人一九四五年于大马士革大学法学院毕业后，进入外交界。一九六六年退职后定居于贝鲁特，并创办一家出版社，献身于文化事业。他自一九三九年开始写诗，一九四四年出版了第一部诗集《褐色姑娘对我说》，从那时起至病逝，共出版了三十余部诗集。如《娜赫德的童年》《你属于我》《我的情人》《粗野的诗》《百封情书》《违法的诗》《年年爱你》等，还写有自传《我同诗的故事》，文集《诗是绿灯》《关于诗、性和革命》《写作是变革行为》等。一九七七年曾出版其作品全集。他被认为是现代阿拉伯世界最著名的情诗诗人，也有部分政治诗。病逝于伦敦后，叙利亚时任总统曾派专机将其遗体运回国，施以国葬。

我是一个男人，同他人一般

我是一个男人，同他人一般。
身上有先知的特点，
亦有渎神者的逆反；
有孩童的温顺，
也有野蛮人的凶残。

最美好的消息

在月亮的墙壁，我写下了"我爱你！"
"我非常爱你！"
从没有人会如此爱你。
难道你没有读到？那是我的亲笔。
写在月亮的围墙，
写在公园的长椅，
写在树木的躯体，
写在谷穗，
写在小溪，
写在果实，
写在行星上，它们
正在擦去旅程的尘迹。

在朝霞的玛瑙上，我刻下了"我爱你！"
我是刻下了天际，
我是刻下了天意。
你难道没见到？
刻在朵朵花瓣，
刻在桥梁、江河和悬崖峭壁，
刻在枚枚海贝，
刻在颗颗雨滴。
你难道没留意？
在每颗沙粒，每块石头，
每条树枝……

我在太阳的本子上写下了
最美好的消息：
"我非常爱你！"
但愿你读到了这一信息。

我往何处去?

我再也不知道我往何处去,
每天感觉身边总有一个你。
每天,你的脸庞成了我生活的一部分,
生命也随之变得更肥美、丰腴。
样样形态都变成最美的形态,
一切东西都变得芬芳、甜蜜。
你已经渗进了我的汗毛孔,
渗进去,好似甘露滴滴。
让我习惯于你不在多么难,
可让你总在眼前则是更大的难题。
我多么,多么地爱你,
以至于我自己都对自己惊奇。
诗歌生长在你两眼的花园里,
没有你的两眼便写不出诗。
自从我爱上了你,太阳变得更圆了,
天空也变得更晴朗,更辽阔无际。

我害怕

我害怕对我所爱的人说：
我爱她！
因为坛子里的酒
当倒出来时，
就会有些糟蹋。

玫瑰与杯子

今天我走进咖啡馆，
已决心忘掉我们的关系，
把我所有的悲伤都埋葬起。
可是当我要了一杯咖啡，
你却像一朵白玫瑰
冒出我的杯底！！

以便白昼来到

我不多作解释，
因为爱情简单明了：
我极其需要
一个像你这样的人，
以便白昼来到。

请你来在昨日！

如果你不能来，亲爱的！
由于任何一件意外的事体，
我将满足于那种气息。
如果你明天不能前来
赴我的约会，
那么，请你来在昨日！！

前　后

啊，亲爱的！我的诗在你之前

　　只是话语，同一切话语一般。

当我爱上了你，我为人们

　　写的东西变成了最美的语言。

我最伟大的作品

如果问起我，什么是我最重要的诗篇，
  其中倾注了我的生命，我的希望，我的心。

我就会蘸着金水，用波斯字体写在
  每颗星星上：你是我最伟大的作品！

你是我的命运，化为女人

你是我的命运，化为女人，
　　而我对这一命运非常相信。

我的女主人！我是你的一部分，
　　如同绿色与树木不可分。

我的女主人！我是你的声音，
　　如同"啊"是声带的延伸。

你是洗濯我的雨，因此你不要
　　禁止我享受那甘霖。

你是我的视力，难道两眼
　　没有视力还能看得见远近？

器　皿

我小时候
曾以为心像一个器皿；
在它蓝色的水中游着千万个女人。
当我成熟了，亲爱的！
一切都变得恰如其分，
我再将那些红红绿绿的鱼儿找寻，
却发现在那器皿中，
我的公主啊，只有你一人！

是你在同我一道写诗？

我曾想，诗是从天而降的惊喜，
　　就像夜莺来自遥远的岛屿；

我曾想，诗像圣诞老人背着口袋
　　在新年向孩子们发送糖果和玩具。

直到在我的纸与笔之间发现了你，
　　才知道是你在同我一道写诗。

傻

我原不知道
当我把你从记事簿中涂去的时候，
我将会把我人生的一半抹掉。

如果我的爱是大树婆娑

如果我的爱是大树婆娑，
亲爱的！那么我
就会用树将地球表面覆遮。
如果我的爱是大雨滂沱，
那么我会用雨水将这世界淹没。

为什么？

有很多很多，我的女友，

有很多很多，我的关系，

在我面前——我需要时——有成千上万种选择。

但令我诧异的是

为什么恰恰是你，

我爱的恰恰就是你！

方程式

亲爱的！我在爱，
　　那么我就存在。

亲爱的！我在写，
　　那是在把失去的时光追回来。

对 话

如果有人问我：我心爱的人是谁？

　　我会对他们说：但愿我有她的留影！

我从二十个世纪前就爱上了她，

　　可是至今仍不知道她的芳名。

你们二者哪个更美？

我的诗与你的脸是两块金子，
　　是两只鸽子，是两朵玫瑰。

在你俩面前，我一直搞不清
　　你们二者，你们二者哪个更美？

你将怎么办？

不要狠狠地亲吻我！
石榴花儿无法承担。
不要亲吻我！
因为假若我的嘴融化了，
你将怎么办？

她两只手的谈话

别说话！
啊，小傻瓜！
因为比这全部交谈更美的
是在桌子上
你两只手的谈话。

经　验

啊，高贵的人！不必自找麻烦，

　　去研究我过去的经验！

地球上所有的女人在天平的一端，

　　而你，我的公主！则在另一端秤盘。

赤着双脚的女人

默默无语，你，

你可知道你那默默无语的双手是两本诗集？

赤着双脚，你，

你可知道一个赤着双脚的女人

会改变历史的旋律，

会把世界的地图翻转过来，

会让寿命延长下去……

定 义

我不赞成有关爱情的一切定义，
因为它们全都像条条框框一般。
我不赞成旧时的种种训诫，
也不赞成这个派那个派的种种经典。
造就爱情的只有经验，
如同造就海景的只有风与船。
除非是战士，否则就不能把战争侈谈。
我做爱，可是若问起我那是怎么回事儿，
我却宁愿不答一言。

选 吧！

两者任由你选！
是死在我的胸前，
还是死在我的诗稿上面？
选吧！是爱还是不爱？
不选是胆怯的表现，
没有中间地带——
在天堂和地狱之间。

亮出你全部的牌！
什么决定我都高兴，
说话！
激动！
愤怒！
别像一颗钉子一动不动！
我可不能像一根草
总停留在雨中。

你又累又怕，
我可是有很长的旅程。
下海！要不就走开！
大海难免使人晕眩头痛。
爱情是最大的面对，
是逆流中顶风航行，
是钉在十字架上，是苦难，
是泪水，是星际航行。

啊，女人！我爱你爱得要命，

你却躲在幕后看光景！

我不信会有一种爱情

不带有鲁莽、躁动，

不摧毁一切障碍，

不激烈得像狂风。

啊！但愿你的爱情将我吞掉，

将我连根拔起，像那狂风……

我决意专门发疯去写诗

亲爱的！

因为在我的城市谁恋爱就是疯子，

因为在我的家乡，

人们把爱情与大麻、鸦片列在一起，

他们会以它为罪名，

将人绞死，杀死，

他们会为此制定法律。

因此，亲爱的！

我决意专门发疯去写诗。

忧伤的诗

爱你教会了我忧伤，
而我很早就需要
一个女人让我忧伤；
一个女人让我在她的怀中哭泣，
像小鸟一样；
一个女人收敛我的忧伤，
像敛起水晶的碎片一样。

爱你，我的女主人！教会我
最坏的习惯：
教我端着咖啡杯，
在夜间，千百遍；
教我尝试香料商的医疗；
教我把占卜老太太的门敲；
教我从家中出去，
在大街小巷走个不停，
追逐你的芳容，
在车灯光下，在雨中；
追逐你的幻影，
甚至……甚至……
在广告、海报中。

爱你教我
如何徘徊、失落几小时
将一头吉卜赛的头发寻觅，
那头发让所有吉卜赛女人妒忌；

我找寻一张脸庞，一个声音，
所有脸庞和声音都集于一身。

爱你，我的女主人，让我走进
忧伤之城，
而我在你之前从未走进
忧伤的城中；
从不知道眼泪与人同义；
不知人若没有忧伤
就只是人的回忆。

爱你教我
行止同孩子一样：
画你的脸庞，
用粉笔，在墙上，
在船帆上，
在大钟上，
在十字架上。
爱你教我知道
爱情如何改变时间概念；
教我知道，当我陷入爱情时，
地球都停止了运转。

爱你教会了很多事情
从未在我意料之中。
我读了很多童话，
走进了精灵国王的王宫；
我梦见公主
要嫁给我：
她那两眼比海湾水还清朗，

她那双唇比石榴花还芳香。
我梦见自己抢走了她，
像骑士一样。
爱你，我的女主人，教会我何为梦呓，
教我知道公主不会来，
而生命却在如何逝去。

爱你教会了我忧伤，
而我很早就需要
一个女人让我忧伤；
一个女人让我在她的怀中哭泣，
像小鸟一样；
一个女人收敛我的忧伤，
像敛起水晶的碎片一样。

爱情与往事

往事过后，你是否还爱我？
　　不管往事，我可是还爱你。

你的过去，我不想提起，
　　如今你在这里，这就足矣。

你微笑，牵着我的手，
　　我就相信你，不再怀疑。

你光彩照人，像一首诗，
　　绝不要再提昨日！

你的些小过错已成过去，
　　我已将荆棘化为芳草地。

如果没有爱意在心，
　　人如何能成为人？

一年过去，你依然高贵，
　　愿你和爱情永勿纡尊降贵。

我爱你，我如何能
　　点燃历史自找火焚？

那里有我们的角落、我们的圣地，
　　我们一起读报，一起把咖啡饮。

那时，我们像两个孩子，
　　　常自以为是，盛气凌人。

有时我们的牛皮吹得可笑，
　　　那多傻气，我们又多么蠢！

有多少次你恼怒离我而去，
　　　又有多少次我对你有些狠。

也许有时我们会断绝信件往来，
　　　也许有时我们会不再互送礼品。

爱情总是大于我们的过错
　　　——不管我们的敌意如何过分。

你的两眼就是四月天，
　　　我怎么能够扼杀新春？

尽管有过往事，我们还将在一起，
　　　我的宝贝，这就是命运！

花园不再有选择权——
　　　一旦它抽叶发芽，五彩缤纷。

这种恋情是我们心中的光，
　　　伴随着我们，伴随我们的心。

他是个孩子，陪我们哭，惹我们哭，
　　　我们总是娇宠他，对他百般迁就、容忍。

他是我们烦恼的根源，

　　我们却求他多让我们流泪，伤心。

伸出你的手来，尽管有往事，

　　你总是我的百合，我的爱人！

你何时才会知道……

希望！你何时才会知道我是多么地爱你，

　　　　为了你，我会卖掉世界和世上所有东西。

你若要海洋在你眼里，我会把它倒进去；

　　　　你若要太阳在你手上，我会把它放上去。

我爱你，我要把这写在云彩上，

　　　　我要把这对鸟儿和树林讲，

我爱你，把这当作葡萄美酒饮，

　　　　我要把这刻在水面上。

我爱你，请你设法帮助我！

　　　　谁开演的悲剧，要让它有结局，

谁打开门，要把它关闭，

　　　　谁点燃火，要把它浇熄。

喂！你把我丢进海里，却抽着烟，一声不响，

　　　　快扯起我的锚来，把它丢在一旁！

你难道没看见我沉没在爱情的海中，

　　　　波涛汹涌冲击着我的希望？

够了！你别再同我扮演情人的角色，

　　　　挑选甜言蜜语而言不由衷！

你编织的情书还会有多少封？

　　　　又会送来多少玫瑰哄我高兴?!

我赴过多少次并不存在的约会，

梦想买嫁衣又有几多回？
我多想你会请我跳舞，
　　而不知手臂该放在哪里。

还像原样吧！因为大地不动，
　　好像地球不再分秒转动不停。
还像原样吧！在你之后我不会再戴项链，
　　也不会再把瓶中的香水碰。

为了谁，我的青春？为了谁，我的纱巾？
　　为了谁，多年来我把发辫留起？
回到从前的你，不管是晴是雨！
　　因为我的人生中不能没有你。

一封来自水下的信

如果你是我的朋友，

就帮助我离开你。

或者如果你爱我，

就帮我摆脱你而痊愈。

如果我知道爱真是非同小可，

我就不会去爱。

如果我知道海真是非常深，

我就不会下海。

如果我知道结果如此，

我就不会开始。

我思念你，

教教我：如何不相思！

教教我：如何

从内心深处将爱你的根剪断。

教教我：如何

让泪水死在眼圈。

教教我：如何

让心死去，不再思念。

如果你是先知，

就让我摆脱这魔力，

摆脱这邪魔！

对你的爱就是邪魔，

请让我净化，将这邪魔摆脱！

如果你强有力，

就把我从这海中救出！

因为我不会游泳术，

而蓝色的波浪在你的两眼中

把我拖进海的深处。

在爱情方面，我没有经验，

我也没有船。

请抓住我的手，

如果我对于你真是珍贵无比。

因为我是一个恋人

——从头顶到脚底。

我在水底下呼吸，

我在沉下去，

我在沉下去，

我在沉下去……

说：我爱你!

说"我爱你"! 好让我更加雄健,
　　没有你的爱,我会与英俊无缘。

说"我爱你"! 好让我的手指成金,
　　让我的额头变成明灯一盏。

说"我爱你"! 以便完成我的转变,
　　变成一片麦田,或是一棵椰树参天。

现在就说,不要犹犹豫豫!
　　有些爱情容不得迟疑拖延。

说"我爱你"! 好让我更加神圣,
　　让我的情诗变得像《新约》一般。

如果你爱上我,我将改变日历,
　　去掉一些季节,或是把一些季节增添。

旧的时代将在我的手中结束,
　　代替它的,我会将妇女王国创建。

说"我爱你"! 好让我写出的诗篇
　　变得好似天启的《圣经》一般。

假如你成了我的爱人,我就是国王,
　　统帅战舰、马队,向太阳征战!

我求你走开

让我们稍微分离开！

亲爱的！为了我们好，

为了这番爱，

让我们稍微分离开！

因为我想要你对我的爱有增无减，

我想要你对我有点讨厌。

凭我们记忆的

似你我般珍贵的往昔，

凭精彩地爱一场——

它刻画在我们的嘴唇上，

它雕刻在我们的双手掌。

凭你给我写的情书一封封，

凭你的脸庞似玫瑰种植在我心中，

凭你的爱——它保存在我的头发，我的指掌，

凭我们难忘的往事，

我们的欢笑与美好的悲伤，

凭我们的爱情——它已不能用我们的话

和我们的双唇来表达，

凭我们人生中一段最甜美的爱情故事，

我求你走开。

让我们分离，仍相亲相爱！

因为鸟儿每一季节

都会离开原野；

而太阳——我亲爱的——

当要隐去时最为美丽。

请你在我人生中成为折磨与怀疑，

请你成为一回蜃景，

请你成为一回传奇，

请你成为我嘴上

不知答案的问题。

由于一番精彩的爱情——

它居于我们的睫毛上、我们的心中，

为了你更加亲近，

为了我美丽永在，

我求你走开。

让我们作为情人分离开，

不管所有的情思，所有的爱。

亲爱的，我要你

透过泪水看到我，

透过烟，透过火，

我要你看到我。

亲爱的，让我们燃烧，让我们哭泣，

因为有好长一段时间

我们已经忘记哭泣的恩典。

让我们分离！

以便我们的爱情不成为一种习惯，

我们的相思不成为灰，

花儿不凋谢在花瓶里。

你放心吧，我的小宝贝！

对你的爱仍旧充满我的眼中、我的心里。

对你巨大的爱仍使我身不由己，

我仍旧梦想你是我的，

啊，你呀，我的骑士，我的王子！

但是我……但是我……

我担心我的情感，

我担心我的感觉，

我担心我们会对我们的相思厌腻，

我担心我们拥抱在一起……

因此，以一场精彩爱情的名义——

它似春天的花儿在我们心中开放，

它像太阳在我们的瞳仁里发光，

以我们当代一桩最甜美的爱情故事的名义，

我求你走开，

以便我们的爱情一直美丽精彩，

以便它的寿命长久存在，

我求你走开！

我绿色的小鸟

既然你，啊！我绿色的小鸟
是我亲爱的，
那么安拉就一定是在天际。

你与天的区别

我的情人问我：
"我与天有何区别？"
你俩之间的区别在于：
你一旦笑起，亲爱的，
我会把天忘记。

爱　情

爱情，亲爱的，

是一首美丽的诗，写在月亮上，

爱情画在每片树叶上，

爱情雕刻在

鸟儿的羽毛上、颗颗雨滴上。

但是任何一个女人在我的家乡

如果爱上了一个男人，

就会有五十块石头砸到她身上。

当我坠入爱河里

当我坠入爱河里，
我变了，
上帝的王国也变得不同往日：
黑暗睡在我的大衣里，
太阳从西边升起。

我的生日

你总是问我的生日，
那么，你就记下，不要忘记：
爱你的那天就是我的生日。

我的选择

如果精灵从魔瓶中钻出，
对我说：听你吩咐！
给你一分钟的时间，
是红宝石还是祖母绿，
想要什么随你选！
我会毫不犹豫，选择你的两眼。

黑眼睛的姑娘

啊，黑眼睛的姑娘！
你的两眼既晴朗又有雨。
我只求上帝
两件事：
一是保佑这两眼，
再是给我生命增加两天，
好让我在这两颗珍珠里
写一首诗。

如果你能疯狂到我这步田地

我的女友，如果你
能疯狂到我这步田地，
就会抛掉身上的珠光宝气，
就会卖掉你的手镯、戒指，
而睡在我的眼睛里。

我要向老天投诉你

我要向老天投诉你，
我要向老天投诉你：
你怎么能，怎么能把世上的女人
精简于一体。

爱你而不用言语

因为字典里的话已经死去，
因为书信里的话已经死去，
因为小说里的话已经死去，
我要发现一种爱恋的方法——
爱你而不用言语。

爱情有一种气息

我没有告诉他们关于你，
但他们瞅见你在我的眸子里沐浴；
我没有同他们谈起过你，
但他们在我的墨水、纸张里读到了你。
爱情有一种气息，无法隐蔽，
桃园总是馨香四溢。

我不愿爱得同人们一样

我不愿爱得同人们一样，
我不愿写得同人们一样，
我真希望我的嘴是一座教堂，
我的字句像钟一样敲响。

在对你的热恋中我消融了笔

在对你的热恋中我消融了笔
有蓝的，红的，绿的……
直至说尽了话语；
我把对你的爱拴在鸽子腿环上，
却不知道，亲爱的，
爱情会像鸽子一样飞去。

你数吧！

你数吧！用你两手的十指：

第一，我爱的是你；

第二，我爱的是你；

第三，我爱的是你；

第四，第五，

第六，第七，

第八，第九，

第十，我爱的还是你。

深眼窝的姑娘

深眼窝的姑娘！爱你
是一种极端，
是一种神秘，
是一种崇拜；
爱你如同生与死，
很难重复两次。

我爱过两万个妇女

我爱过两万个妇女，
我体验过两万个妇女，
但当我遇见了你，啊，亲爱的！
我觉得我现在才是开始。

在月亮的家园

在月亮的家园，我订了一个双人间，
亲爱的！让我们在那里度过周末那天。
世界的旅馆我都瞧不上眼，
只有月亮是我爱住的旅馆。
但是，亲爱的！他们在那里
不接待不带女人的旅客。
那么，我的月亮！你是否
愿意到月亮上去——同我？

是安拉把我派给了你

别想从我这里逃避，
我这个男人注定有缘于你；
你摆脱不开我，
是安拉把我派给了你。
一会儿，我顺着你的耳垂向上爬；
一会儿，我从你绿松石的手镯爬上去。
当夏天来到时，亲爱的，
我在你的眼窝里游泳，就像鱼。

如果你能记起

如果你能记起
两年间你说的每句话语，
如果我能打开我在两年里
写下的一千封信，
那我们就会是在爱情的天地
比翼齐飞的两只鸽子；
你左手上的戒指
就会变成两只。

一切都变了样

为什么从你成了我的爱人，

我的本子会长出青草，墨水会发光？

自从你同我相爱，一切都变了样，

我变得像孩子，玩弄起太阳。

我不是下凡的先知，

但当我写起有关你的诗，

我却变成了先知。

你铭刻在我的手心里

你铭刻在我的手心里，
就像库法体的字行
刻在一座清真寺的墙壁，
刻在椅子的木头上，
刻在座位的扶手上，亲爱的！
每逢你企图远离
一分钟，
我都会在手心里看到你。

不要悲伤

不要悲伤，
如果宇航员降落在月亮的土地上。
因为在我眼里，你总是
最美的月亮。

当我热恋的时候

当我热恋的时候，
我觉得自己是当代之王；
大地和地上的一切由我主宰，
我骑着马走近太阳。

当我热恋的时候，
我能主宰波斯国王，
让中国服从我的令牌，
让海洋挪动地方，
让时间停止——如果我想！

当我热恋的时候，
我会变成无形的
流动的光，
诗歌在我的本子上
会变成含羞草和雏菊开放。

当我热恋的时候，
手指间会喷出水，
舌头上会长出草来。
当我热恋的时候，
我会让我们的时间在时间之外。

你哭泣的时候我喜欢

你哭泣的时候我喜欢，
我爱看你满脸愁云惨淡。
在你不知我不觉中，
悲愁将我们一起熔炼，
我喜欢那潸然而下的泪水，
也喜欢雨落之后的艳阳天。
有些女人本来就美丽动人，
一哭起来就更加好看。

我爱你，像基督一样

确如他们说的有关我的一切，
他们所说我对恋情和女人
那种种名声都是千真万确。
但是他们不知道的是
我爱你，像基督一样，是流着血。

有　时

有时我会哭，
像孩子一样，无缘无故；
有时竟会厌腻你美丽的两眼，
也无缘无故；
有时我会厌倦自己的话语，
厌倦纸张和自己的书籍；
也有时我会厌倦我的倦意。

你的两眼像黑夜

你的两眼像黑夜，落着雨，
我的船在里面沉到底，
我的写作在里面被忘记，
镜子从来没有记忆力。

风、水与爱人的芳名

我在风里写下了
我所爱的人的芳名，
又把它写在了水中，
我不知道风
不会倾听，
也不知道水
记不住姓名。

仍　然

远去的人，你仍然
十年后，你仍然
像矛头
扎在我的心间。

像矛枪……

像矛枪，这张脸，这双眼，
今年的春天访问了我们两遍，
先知访问了我们两遍。

我像云

我像云，在你的两眼落下雨，
我向你的两眼走去，
带着无限的悲伤和忧郁。
我带着一千座树林，
一万条小溪；
在大衣下带着历史
和文字。

我们的爱情

我们的爱情最妙的是

　　它没有理智，没有逻辑；

我们的爱情最美的是

　　它在水上行走却不会沉下去。

你将永远年轻

美人中的美人，不要担心！

　　既然你在我的话语，我的诗中——

你也许会随着岁月变老，

　　但在我的篇章中，你将永远年轻。

你还不够美

你还不够美。
你必须有一天
经过我的双臂,
才会变得美丽。

我旅行在你的两眼

亲爱的！每逢我旅行在你的两眼，
　　都感觉在乘坐一张飞毯：

一朵玫瑰色的云彩将我托起，
　　随之的彩云色同紫罗兰。

我在你两眼里转动，亲爱的！
　　如同地球一般地旋转。

你与鱼何其相像

你与鱼何其相像,
　　在爱情上真快得像鱼一样;

你杀死了我心中的一千个女人,
　　于是你成了女王。

疯狂是你身上最美的东西

疯狂是你身上最美的东西。
你身上最美的——如果你允许，
是你的双乳不肯循规蹈矩。

请你赤身裸体！

请你赤身裸体！因为好长时间里
大地上没有降临奇迹。
请你赤身裸体，赤身裸体！
我是一个哑巴，
而你的身体懂得一切言语。

同我不要成为一只羔羊!

把你的红指甲卡在我的脖子上!
同我不要成为一只羔羊!
如果我到你那里像爆发的火山,
那你对我要设法抵抗!
最美的嘴唇是不肯驯顺,
最坏的是总说"是"的嘴唇。

一年间你的变化有多大！

一年间你的变化有多大！
我原想要你将一切都脱掉，
一直像一座雪花石的树林。
但我今天却只要
你是一个问号。

最后一次

每当我同一个女人脱离关系
我总会简单地说一句：
这是最后一个女人，
最后一次。
此后，我一千次地坠入爱河，
死上一千次，
我仍旧说一句：
这是最后一次！

我的语言表达不尽我的感情

我的女主人，我写什么都没有用，
　　我的语言表达不尽我的感情；

我对你的感觉超越
　　我的声音，我的喉咙；

我写什么都是枉费心机，只要
　　我的嘴唇表不尽我的话语；

最可恶的是我写的一切东西，
　　我的难题就是你是我的难题。

就这样

因为我对你的爱超越话语水平之上，
我就决定一声不响……就这样。

话　语

当他与我跳舞时，

他让我听到了不似话语的话语。

他将我的手臂托起，

把我种植在一朵云际。

从我的眼中落下黑色的雨，

闪闪烁烁，点点滴滴。

他抱着我，同他在一起，

走向玫瑰色凉台的晚夕。

我像他手中抱着的孩子，

像羽毛，随轻风飘逸。

他为我捧来七个月亮，

用双手，还有一束歌曲。

他送给我一个太阳，送给我

一个夏季，还有一群燕子。

他告诉我，我是他的宝贝，

我等于千万颗星星在天际。

他说我是一座宝藏，

说我美过他见到的画像。

他说的让我晕头转向，

让我把舞厅、舞步都遗忘。

那些话语颠覆了我的历史，

让我成为女人，只在瞬时。

他为我建造了一座虚幻的宫殿，

我只在其中住了极短的时间。

我回到，回到我的桌子，

伴随我的只有一些话语。

二十年来我走在爱情之道

二十年来我走在爱情之道，
可这道路仍旧是莫名其妙。
我一时是杀手，
更多时候则是被撂倒。
二十年，啊，爱情之书！
我仍在首页上阅读。

一个失恋男人的日记

从没有过，我爱得这么深刻，
没有，从没有过
我同一个女人走进了
相思之国；
我拍打过她两眼的岸，
像愤怒的雷，或者像电。
过去，我没有爱恋过，
而只是扮演恋爱的角色。
从没有过
对一个女人的爱，勒得我像绞索；
在你之前，没有一个女人
曾夺下我的武器，征服过我，
从我的脸上剥掉我的面具，
将我击败，在我的王国。
我的女主人！从没有过，
我尝到了烈火，尝到了焦灼。
请你相信，我的女主人！
除了我，爱上你的人还将会有成千上万，
你还将会收到相思的信件，
但在我之后，你不会发现
有一个男人真诚地爱你，如此这般，
无论在东方还是西方，
你都绝对不会发现！

致沉默的女人

说话，说话呀！
你这不言不语的美女！
爱情就像洁白的花儿，
当放进花瓶里
它才最美。

对我说吧，纯真地！
就像天上的鸟，
就像海中的鱼。
把我看作是你的一部分，亲爱的！
难道我们之间还有秘密？
难道相处两年后，
对于我们，那还是秘密？

他以为

他以为我是他手中的玩具？
我才不考虑回到他那里去！
今天他回来了，好像什么事都没发生，
眼里是孩子般无辜的神情，
来对我说，我是他的伴侣，
说我对于他是唯一的爱情。
我的眷恋刻画在他的双唇上，
他捧着鲜花向我走来，叫我如何回应？

烈火在我血中燃烧，我不再记得
如何投入他的怀抱中。
我把头埋在他的怀里，就好像
一个被送回双亲的孩童，
连我那顾不上的连衣裙
都在他的脚上舞蹈，为他高兴。
我对他不再计较，问起了他的事情。
我伏在他的肩头哭了好久，
不知不觉让自己的双手
像小鸟睡在了他的手中。
一瞬间，我忘掉了所有的憎恨，
谁说我曾对他有过恼怒。
我曾说过多少回，不再回到他那里，
可我回去了，啊，回到他那里是多么美！

你发火吧！

随你如何发怒！
随你如何伤害我的感情！
随你吓唬我说爱上了别的女人！
随你砸碎镜子，摔碎花瓶！
随你怎么说，
随你怎么做！
亲爱的！你就像小孩，
无论他们对我们怎么坏，我们对他们还是爱。

你发火吧！
你发起脾气可真帅。
你发火吧！
若非波涛汹涌，就不算是大海。
随你是暴风，随你是骤雨！
我的心总会宽恕你。
你发火吧！
我不会同你计较。
你就是一个调皮的孩子，
总以为自己不得了。
可是鸟儿怎么会
报复自己的小鸟？

你可以离去！
一旦你对我觉得厌烦，
你可以怨天尤人，对我抱怨，
至于我呢，

我将只会流泪、伤感。

沉默是一种尊严，

伤感也是一种尊严。

你可以离去！

如果你觉得留下不行，

反正大地总有芳草，总有女性。

当你想要见到我，

当你像孩子需要我的温情，

你随时都可以回到我的心中。

你在我的人生中就是空气，

对于我来说，你就是天地。

随你怎么发脾气，

随你何时要离去，

你既已知道何为忠贞何为爱，

总有一天你一定会回来。

我对他怎么说？

我对他怎么说？如果他来问我：
我对他究竟是喜爱还是厌恶？
如果他的手指今夜将我的头发
梳弄不停，我该怎么说？
我如何允许他坐近身边，
让他的双臂睡在我的腰窝？
明天他如果来了，我就拿给他他的情书，
把我们写的那些甜言蜜语都拿去煨火。

我亲爱的！难道我真是他亲爱的？
难道在他离弃后我还相信他的话语？
难道这些年我同他的故事还未结束？
难道对他的记忆还未像太阳光线般消逝？
难道我们未曾打碎爱情的酒杯，
我们怎么会为自己打碎的酒杯哭泣？
主啊！他的那些小东西总在折磨我，
啊！我怎么能摆脱开那些东西？！
这里是他的报纸，丢弃在这个角落，
那里是一本书，我们一起读过。
在沙发上还有他的一些香烟，
他留存下的东西留存在各个角落。

我怎么会盯着镜子，问它：
"我穿哪件衣服去同他相见？"
我能说我已经讨厌他了吗？
一个住在我眼窝里的人我怎么能讨厌？

我怎能逃避他？他是我的命运啊！

难道河流能将它的河床改变？

我爱他！我不知道怎么这么爱他，

以至于他的错误缺陷都不再是错误缺陷。

在地球上爱情是我们的一种想象，

如果在地面找不到它，我们就创造一番。

我对他怎么说，如果他来问我

是否爱他？我爱他，爱他一千遍！

邵基·巴格达迪
（一九二八年至今）

邵基·巴格达迪生于叙利亚临海的巴尼亚斯，一九五一年毕业于大马士革大学文学院与教育学院。曾在叙利亚与阿尔及利亚任阿拉伯语教师，后专职写作。曾参与创建叙利亚作协（后改称阿拉伯作协），一九五四年被选任秘书长。著有诗集《不止一心》《爱情总有故事》《不被喜爱的诗》《枕与颈间》《呐喊》《没有情人的莱伊拉》《还是好孩子》《约翰·大马士基的梦》《专属精神的东西》，有一部专为少儿写的诗集《月亮在房顶上》，有为儿童写的叙事诗集《天堂的鸟》；著有短篇小说集《我们街区咳血》《她家在山麓》《一种职业叫梦想》。曾获大马士革《批评家》杂志的诗歌与短篇小说一等奖、阿拉伯作协的最佳诗集奖。

雨 曲

雨，雨，雨

淅淅沥沥落在地。

雨，雨，雨

是大地期待的节日。

雨落在我的头发上，

雨落在我的胸口，

为我洗涤，

让我欣喜。

雨渗进我的胸中，

令我振奋，

促使我舞蹈，

推动我奔跑。

雨，雨，雨，

群伞构成流动的街道，

成群结队的人

在纷纷避逃，

行走好似赛跑。

雨滴砸在他们头上，

他们就成了

流动的河，

又似汽车。

雨，雨，雨

洒在田野，

洒在群山，洒在平原，

对它们浇灌，

使它们生机盎然。

用倾盆的雨水将它们磨光，

让它们换上

万紫千红的新装。

雨，雨，雨

淅淅沥沥落在地。

雨，雨，雨

是大地期待的节日。

孩 子

他们在这里，在我的心中翱翔，

在我眼里，如同田野飞舞的蝴蝶一样。

每首诗歌，他们都是最美的音韵，

让我终生不停地歌唱。

我爱他们，在节日喜气洋洋，

起床，穿衣，问候，伴随着曙光。

我爱他们，有了他们，

冬天都变得不同寻常。

老师离开，班级会吵吵嚷嚷，

回到家中，家立刻变成诗章。

穆罕默德·奥姆兰
（一九四三年至一九九六年）

穆罕默德·奥姆兰，叙利亚著名诗人，生于塔尔图斯。于大马士革大学毕业后，曾以教授阿拉伯语为业。于二十世纪五十年代开始在《批评家》《文学》等刊物发表诗作。著有《冰墙上的歌》《饥饿与夏天》《新记忆港》《我是见证者》《航行》《蓝与红》《紫罗兰之歌》等十三部诗集及《灰叶》《物事集》等文集。

值她的生日咏怀

为什么生命的马车载着我们从不回还？
仿佛它那黑色的马匹在我心间
奔跑着，我看到那些马蹄
踏破我们的脸，我又仿佛听见
它那疯狂的马嘶，在吞食一路欢愉。
啊，车夫哇，车夫！别跑得那么迅疾！

我们篱笆上的蔷薇，每年都有
一片花瓣死去，一片叶子凋敝。
最后的叶子该凋落在何时？
谁能知道会有多少叶子？
又有谁知道会有多少日子？

在这个疯狂的世界里
家家户户都已破败，
一切避难所都被破坏，
使人无处可去。
惟有爱情的帐篷在呼吁。

在这个失败的世界里
旗帜正降下，
声音被掠去，
脸被剥了皮。
只有爱情总是我们生活的面包、水和空气；
爱情总是最后的童贞话语，
最后的绿色脉息。

马鲁海

（一九一七年至二〇〇六年）

马鲁海生于叙利亚霍姆斯，一九四二年师范学院毕业，一九四五年于开罗大学毕业后曾教授阿拉伯语，曾任霍姆斯文化中心主任、《曙光报》与《人民之声报》编辑、文化部文化中心司司长、阿拉伯遗产司司长、总统府顾问。二十世纪七十年代曾来中国任专家、北京大学特聘教授。生前为大马士革阿拉伯学会通讯理事。著有诗集《石头的密语》《墓上的雪》《马鲁海自挽》等。马鲁海又是著名翻译家，译有《中国诗歌》与高尔基、陀思妥耶夫斯基等人作品。

献给毛主席

一九七七年十月八日，我瞻仰了毛主席纪念堂。我肃穆静立，悼念这位伟人：

您唤醒了中国，自己却辞世长眠；
　　您推动了寰球，自己却静静安息。

中国在您的革命召唤下继续前进，
　　世界在您的指引下奔腾不息。

马鲁海

献给周恩来总理

周恩来总理临终嘱咐：把他的遗体火化，骨灰撒在祖国的土地上。我吟道：

您的骨灰撒在山山水水，

您死后与山水共融，如同您生前与山河相依。

在人们的脸上，我看到您那甜蜜的笑影，

在人们的手上，我看到您那无声的功绩。

奥贝德

（一九二一年至一九八四年）

奥贝德生于叙利亚苏韦达，德鲁兹族人。其父是民间诗人与历史学家，曾率全家参与一九二五年至一九二七年的叙利亚反法国殖民主义统治的武装起义，后流亡于沙特。一九三〇年至一九四〇年，诗人于黎巴嫩求学，后回国任教，并以诗歌为武器，参与反法国殖民主义委任统治的斗争。一九四七年再次负笈去黎巴嫩美国大学进修，获历史硕士学位。一九五三年至一九六〇年任苏韦达教育局局长。一九六六年来中国参加亚非作家紧急会议，回国后写有《东方红》一书。一九七二年至一九八四年于北京大学任教。著有诗集《火焰与馨香》《真主与异客》，诗剧《雅尔穆克》，长篇小说《艾布·萨比尔——被遗忘了两次的革命者》，译有《中国古诗选》，并参与编纂《汉语阿拉伯语词典》等。

梦

早晨，我睡醒，
醒自一个美梦，
　　比清晨还美的梦境。

在梦中我看见了
一个美丽的湖泊，
　　五光十色，充满欢乐。
　　　　还有花儿千千万万，
　　　　　　那是荷花，妙不可言：
　　　　　　　　金似的叶片，
　　　　　　　　　　心似火焰。

还有小桥、堤岸，
　　处处是欢笑，
　　　　载歌载舞，锣鼓喧天，
　　　　伴着丝弦。
　　　　　　万道霞光
　　　　　　　　直落九天。

美梦可会重现？
也许不会再现了，
因为那是梦幻。

　　　　　　　　　　一九六六年于杭州

在西湖

美不胜收的西湖啊！
你还记得
    恶霸与倭寇在这里
      花天酒地，
        耀武扬威，
          淫威一片
            充满湖岸。

当年美丽无比的湖
是一个睡梦中卖与陌生人的姑娘，
    她的呻吟在他听来
      是鸟儿歌唱；
        她的泪水在他杯中
          是美酒佳酿。

美不胜收的湖啊！
如今你唱着
    胜利之歌，
      枝叶、花、鸟在舞蹈，
        群星、月亮在微笑。
          但我在你的双眼中
            读到轻微的颤动、
            忆昔的苦痛。

不要焦虑不安！

往昔不会复返，

    黎明已把它砸烂。

一九六六年于杭州

雨之歌

啊，大地！如同你

为雨的进行曲

欢笑，欣喜，

如同园圃的枝叶

梦想春风

和万紫千红，

我的心也在歌唱

——为雨的进行曲。

因为我，大地，来自你，

也归向你。

我活着，不再孤寂。

这里，我的亲人在建设，在奔忙，

他们一手拿镐，

一手握枪。

而在那里，

大地为我勤劳的民众笑逐颜开，

他们一手拿镐，

一手握绷带。

何时会治好伤，

武器在人民手中歌唱？

我不知道。

一九七三年四月一日于北京

别了，北京！

千丝万缕让我与北京紧密联系，
万缕千丝让我与北京联系紧密。
那里是故乡，有家与往事的回忆；
可这里是第二故乡，
也是家，
也有数不清的往事回忆。
北京在我的脑海中总是挥之不去，
桩桩往事历历在目，
深远而又清晰，

五彩缤纷，
洋溢出馨香的气息。
他希望能再回到中国，他的钟爱之地，
看看他为之祈福的她的明日。
有朝一日回来，
他也许会看到这座古老的城市
如被施了魔法，变得
年轻、亮丽，欢笑而有魅力，
充满希望、热情，神采奕奕。

一九八四年

真主与客居异乡的人

主啊！求你别在这里合上我的双眼！
在这里，人们的心纯洁无瑕，
在这里，江山如画。
但我思念我的故土，
要对那里的山川、海岸
看上最后一眼。

求你对我的心不要下手太狠，
我们之间没有什么仇恨。
你是从未见过我在你的神殿
双膝跪下把祈祷词诵念，
我没在节日里宰牲祭奠，
我没在生日点蜡许愿，
但我对你的祈祷
是微风催着花儿开放，
是鸟儿对着晨曦歌唱。

让我在那里活上最后一天！
那里有我心爱的亲友，
难忘的往事，有苦有甜：
苦难流亡的童年，
青春似花一般，
也伴着刺刀、皮鞭，
是因为他不肯为侵略者、傀儡和神像
献花，烧香。
……

如今我白发如冠，

仍手拄着棍杖

继续赶路向前。

奔跑的队伍排挤我，

他们不问这路是谁修建，

这辉煌的火炬是谁点燃。

主啊！我无悔无怨。

你难道没看见我的心洁白如雪一般。

那就让我在那里合上我的双眼，

那里有我心爱的亲友，

他们流下血红的泪水，

男子汉知道哭的滋味。

译后记

读者面前的这本诗选，是我国著名的阿拉伯文学研究专家、北京大学教授仲跻昆生前留下的译稿。仲老师毕生投入他钟爱的阿拉伯文学研究、翻译、教学事业，著译作品等身，还曾长期担任中国外国文学学会阿拉伯文学研究分会会长。他不仅挚爱阿拉伯文学，而且热爱阿拉伯文化、阿拉伯人民。他对叙利亚这块土地、对于叙利亚友人更是一往情深。我的脑海里一直保留着许多难忘的瞬间：二〇一〇年在其大作《阿拉伯文学通史》的首发式上，仲老师致辞时回忆起与叙利亚外教、诗人奥贝德的深情厚谊，情不自禁地老泪纵横，甚至一度泣不成声，在场的人无不为之感动。二〇一七年，在叙利亚大诗人阿多尼斯访华期间的一场诗歌活动上，仲老师不仅朗诵了由他自己翻译的阿多尼斯诗作，而且作了热情洋溢的即席发言，高度评价阿多尼斯对当代阿拉伯文学和文化的杰出贡献。阿多尼斯听后深为感动，跟走下讲坛的仲老师紧紧拥抱；两位大师级老人亲密无间的身影，必将定格在中阿文学交流的历史记忆中。我曾有幸随同仲老师两次访问叙利亚，惊叹于他对叙利亚的历史掌故和文学现状如数家珍。叙利亚内战爆发后，他和同事们谈及战争对古老文明的摧残、对无辜人民的伤害时，总是痛心疾首，黯然神伤。

仲老师对诗歌之爱、对叙利亚之爱，乃至他浪漫而真挚的人格，也体现在他留下的这部遗稿中。我有幸在付印之前，先睹仲老师留下的这部译作。阅读着一行行朗朗上口、传神精妙的译诗，仲老师的音容笑貌时不时地呈现在眼前。仲老师的友人和学生们都知道，他是当今社会为数不多具有浪漫诗心的学者，不仅爱诗、译诗、写诗，而且把自己的人生谱写成一首美好的诗篇。他在北京大学读书期间，曾是学校话剧队成员，因此爱朗诵、会朗诵。在各种活动上，在朋友聚会时，他经常自告奋勇地朗诵阿拉伯诗歌。逢年过节时，他喜欢将自己的译诗配上精美图片，制作成 PPT 发给朋友们分享。他与诗歌相伴的一生，他与爱妻刘光敏老师相守的一生，是充满诗意、幸福美好的一生。在仲老师留下的这部诗集中，尼扎尔·格巴尼的情诗占据很大篇幅，我毫不怀疑，这些献给中文读者的情诗，首先是献给他心目中的第一位读者——他的爱妻刘光敏老师。

因为仲老师的辞世过于突然，他留下的这部诗选其实是一部未竟之作。因此，这部诗选尚未收录一些重要的叙利亚诗人（阿多尼斯兼有黎巴嫩和叙利亚国籍，仲老师把他置于《黎巴嫩诗选》中）；对诗人诗篇的择选未必均衡全面；诗选的篇幅也略显单薄。毫无疑问，如果假以天年，仲老师一定会献出更全面、完整、精彩的译作。不过，这部略有遗憾的未竟之作，已经可以让读者领略叙利亚诗歌的魅力之一斑。

那么，就让我们在仲老师的精彩译笔引导下，去进入叙利亚的诗歌世界，去理解这个阿拉伯古国在过去一个多世纪以来的苦难和抗争、痛苦和忧患、情愫和希冀。

薛庆国

总　跋

经过两年多时间的筹备与组织，"'一带一路'沿线国家经典诗歌文库"终于陆续付梓出版，此刻的心情复杂而忐忑，既有对即将拨云见日的满满期待，更有即将面见读者的惴惴不安。

该项目于二〇一五年下半年开始酝酿，其中亦有不少波折和犹疑。接触这个项目的所有人都无一例外地认为，这是应该做而且只有北大才能做的事情，也无一例外地深知它的难度。

"一带一路"跨度大、范围广，多语言、多民族、多宗教、多文明交融，具有鲜明的文化多样性特征。整个沿线共有六十余个国家，计有七十八种官方或通用语言，合并相同语言后仍有五十三种语言，分属九大语系。古丝绸之路尽管开始于政治军事，繁荣于商旅交通，但其更重要的意义在于促进了人类文明的交往。它连接了中国、印度、波斯和罗马等文明古国，跨越埃及文明、巴比伦文明、印度文明、中华文明的发祥地，是东西方文明交流互鉴的重要通道。

如何更好地展现"一带一路"沿线人民的文化特质和精神财富，诗歌无疑是最好的窗口。诗歌是文学王冠上的明珠，精致文学之魂魄，而经典诗歌则凝聚着各个国家民族的文化精神和文化理想，深刻反映沿线国家独有的价值观和对世界的认识。长期以来，中国学界和出版界一直比较重视欧美发达国家诗歌的译介与研究，对发展中国家尤其是一些弱小国家的诗歌研究存在着严重忽略的现象。我们希望通过对"一带一路"沿线国家经典诗歌的研究，深刻地了解一个国家，理解它的人民，与之建立互信，促进国内学界对"一带一路"沿线国家文学、文化和文明的了解，弥补我国诗歌文化中的短板，并为中国诗歌走向世界提供思路和借鉴，从而带动与"一带一路"沿线国家的深层次交流，为中国的对外交往和"一带一路"倡议的实施提供人文支撑。

北京大学外国语学院组织国内外相关领域的专家学者，于二〇一六年一月，正式启动"'一带一路'沿线国家经典诗歌文库"项目。该项目以北京大学人文学科的优良传统和北大外语学科的深厚积淀为基础，以研究和阐释"一带一路"沿线国家厚重的历史、文化内涵为己任，充分发挥本学科在文学、文化研究领域的传统优势和引领作用，积极配合和支持国家的"一带一路"倡议，为中外优秀文化的研究、互鉴和传播做出本学科应有的贡献。

北京大学外国语学院牵头组织的"'一带一路'沿线国家经典诗歌文库"项目，旨在翻译、收集、整理和编辑"一带一路"沿线六十余个国家的诗歌经典作品，所选诗歌范围既包括经典的作家作品，也包括由作家整理的、具有广泛影响力的史诗、民间诗歌等；既包括用对象国官方语言创作的诗歌，也包括用各种民族语言创作、广泛传播的诗歌作品。每部诗集包括诗歌发展概况、诗歌译作、作者简介等三个部分。

在此基础上，形成由五十本编译诗集构成的"'一带一路'沿线国家经典诗歌文库"第一批成果，这将弥补中国外国文学界在外国诗歌翻译与研究方面的不足，特别是对部分"一带一路"沿线国家的经典诗歌开展填补空白式的翻译与原创性研究工作具有重大意义，同时对沿线诸多历史较短的新建国家的文学史书写将具有十分重要的价值。

该项目自启动以来，先后成立了编委会和秘书组，确定项目实施方案、编译专家遴选以及编选的诗歌经典目录，并被确定为北京大学一百二十周年校庆的重要出版项目之一，得到学校、校友及社会各界的大力支持，建立起以北京大学外国语学院为核心，汇集国内外相关领域知名专家学者、翻译家的翻译、编辑团队，形成了一个具有高度共识和研究能力的学术共同体。

在这个共同体中的每个人都是幸福的，与诗为伴，以理想会友，没有功利，只有情怀。没有人问过我们为什么要做，每个人只关心怎样可以做得更好。无论是一无所有之时还是期待拿到国家出版基金支持之日，我们的翻译团队从没有过犹豫和迟疑，仿佛有没有经费支持只是我一个人需要关心的事情，而他们是信任我的。面对他们，我没有退路，唯有比他们更加勇往直前。好在我一直是被上苍眷顾和佑护的人，只要不为一己之利，就总能无往不胜。序言中，赵振江教授说了很多感谢的话，都代表我的心声，在此不再重复。我想说的是，感谢你们所有人，让我此生此世遇见你们。如果可以，我还想在此感谢我的挚爱亲人，从没有机会把"谢谢"说出口，却是你们成就了今天的我。

希望通过我们台前幕后每一个人的努力，把"'一带一路'沿线国家经典诗歌文库"项目打造成沿线国家共同参与的地域性的文化精品工程，使"文库"成为让古老文明在当代世界文化中重新焕发光彩、发挥积极作用的纽带和桥梁。

人也许渺小，但诗与精神永恒。

宁　琦
写于二〇一八年"文库"付梓前夜
北京

图书在版编目（CIP）数据

叙利亚诗选 / 仲跻昆编译 .-- 北京：作家出版社，2022.12
（"一带一路"沿线国家经典诗歌文库 . 第一辑）
ISBN 978-7-5212-1724-7

Ⅰ. ①叙…　Ⅱ. ①仲…　Ⅲ. ①诗集 – 叙利亚　Ⅳ. ① I376.2

中国版本图书馆 CIP 数据核字（2021）第 272491 号

叙利亚诗选

主　　编：赵振江
副 主 编：蒋朗朗　宁　琦　张　陵　黄怒波
编 译 者：仲跻昆
选题策划：丹曾文化
特约编审：懿　翎
责任编辑：徐　乐
装帧设计：曹全弘
出版发行：作家出版社有限公司
社　　址：北京农展馆南里 10 号　　邮　　编：100125
电话传真：86-10-65067186（发行中心及邮购部）
　　　　　86-10-65004079（总编室）
E-mail:zuojia @ zuojia.net.cn
http://www.zuojiachubanshe.com
印　　刷：河北鹏润印刷有限公司
成品尺寸：160 × 240
字　　数：207 千
印　　张：10
版　　次：2022 年 12 月第 1 版
印　　次：2022 年 12 月第 1 次印刷
ISBN　978-7-5212-1724-7
定　　价：47.00 元